Rache

Stephan Milow

In der Steiermark, wo sich die Mur nach einem scharfen Buge gegen Osten Ungarn nähert, lebte am Rande eines kleinen Landstädtchens in einer hübschen Villa der Graf Viktor Neukirchen mit seiner Frau. Jung – er hatte kaum die Dreißig überschritten – und von höchst gewinnender Erscheinung, war er dabei heiter und lebenslustig, ein leichtes Blut, wie es sein noch im besten Mannesalter verstorbener Vater gewesen. Da Neukirchen auch die Mutter früh verloren hatte, blieb seine Erziehung ziemlich unüberwacht. Man gab den Knaben zuerst in ein Institut, wo er nicht viel lernte; später brachte er es glücklich zum Reserveoffizier, und damit schloß er sein Wirken im Staate ab. Außer seinem kleinen Landsitze war ihm von den Eltern kein Erbe zugefallen; in der Familie bestand aber eine Stiftung, aus welcher die männlichen Glieder eine Lebensrente bezogen, und diese Rente hatte im Laufe der Jahre durch den Tod der meisten Anwärter eine beträchtliche Höhe erreicht. Neukirchen konnte also ganz seiner Neigung, das heißt dem Nichtstun, dem Vergnügen, leben. Vor zwei Jahren hatte er sich vermählt. Seine Frau, sie hieß Zoë, war das einzige Kind eines hohen Militärs, der aber bei seinem Tode kein Vermögen hinterließ. Neukirchen hatte die um fünf Jahre jüngere Zoë einmal in einer Gesellschaft gesehen und war von ihr so bezaubert, daß er, da seine Gefühle Erwiderung fanden, sogleich um sie warb. Bald nach der Hochzeit waren sie zu dauerndem Aufenthalt hier eingezogen. Es ließ sich ja in diesem freundlichen Erdenwinkel gut sein. Die in der Umgebung verstreuten Schlösser boten angenehme Nachbarschaften. Da wurden Besuche ausgetauscht, gemeinsame Ausflüge unternommen u. dgl. Nie fehlte es an irgend einer heiteren Veranstaltung. Zoë wünschte sich das eigentlich gar nicht, ihr Wesen neigte mehr zum Ernste und zur Stille; aber ihr blieben ja trotz des lebhaften Verkehrs mit den Bekannten noch immer genug Stunden völliger Abgeschiedenheit, und sie konnte, wenn sie unter Menschen war, auch bei jedem Scherze recht herzlich mittun. Schon aus Liebe zu dem Mann, mit dem sie ihr Los verknüpft, hätte sie sich freudig seiner Weise angeschmiegt.

Ja, die einzig schöne Frau mit den edelsten Herzenseigenschaften liebte ihren Gatten unendlich, so daß ihn die ganze Männerwelt um ihren Besitz beneidete, und doch war er ihr untreu, untreu, nachdem er die heiß Ersehnte kaum errungen hatte. Das flüsterten gar manche einander heimlich in das Ohr, nur sie merkte es nicht, zum mindesten verriet sie nie etwas davon. Dazu wäre sie vielleicht auch zu stolz gewesen. Und wenn er flattersinnig war, wenn er liebte, wo er nicht sollte, so blieb er dabei gegen seine Frau doch immer gleich zärtlich und aufmerksam. Er schien das Eheband durchaus nicht als Fessel zu empfinden. Darum mochte sie auch seine Untreue für unmöglich halten.

Das Landhaus Neukirchens, ein Hochparterre, zu dem mehrere Stufen hinanführten, stand in einem von einem hohen eisernen Gitter eingefaßten kleinen Ziergarten mit der Hauptfront ziemlich nahe an der außerhalb des Gitters vorbeiführenden Landstraße. Es gab da nicht viele Wohnräume; gleichwohl besaßen die Ehegatten getrennte Schlafgemächer, zwischen welchen sich eine Art Sprech- und Lesezimmer befand. Neukirchen hatte das so eingerichtet, um, wie er sagte, Zoë nicht zu stören, wenn er manchmal von einem Besuche, den er allein gemacht, spät in der Nacht heimkehrte. Knapp an das Herrenhaus schloß sich ein längliches niederes Gebäude, das den Stall und mehrere Gelasse für einen Teil der Dienerschaft enthielt. Das Ganze machte einen bescheidenen, aber sehr anheimelnden Eindruck, und wenn Neukirchen zunächst sein Stall, in welchem vier schöne Pferde standen, alles galt, so guckte Zoë in freudiger Geschäftigkeit überall hin, wo das kleine Anwesen ein wachsames Auge erheischte. Besonders den Garten nahm sie in ihre Obhut Da war ja immer etwas zu tun, und wie gern weilte sie in der schönen Jahreszeit auf ihrem Lieblingsplätzchen unter der großen Linde, die, nur wenige Schritte vom Hause entfernt, die schattigen Äste ausbreitete!

Heute – es war an einem sonnigen Septembernachmittag – saß sie wieder da. Sie hatte eben einen Brief, den sie an die Mutter geschrieben, zusammengefaltet und blickte sinnend durch die Lücken des Laubwerks in den leuchtenden Himmel. Ihre Gedanken hingen noch an der fernen Teuren, der sie von ihrem Leben erzählt, und sie sagte sich, daß sie gegen sie eigentlich nicht ganz aufrichtig gewesen. Freilich, ihr Heim erfüllte sie mit großer Freude, gleichwohl – genoß sie an der Seite ihres Gatten wirklich das völlig ungetrübte häusliche Glück, das sie ihrer Mutter geschildert? Regte sich in ihr nicht manchmal etwas Geheimnisvolles, das ihr leise die Brust beklemmte? Aber wie hätte sie von dem, was sie sich selbst noch nicht klar machen konnte, zu einem andern sprechen sollen? Und ihre Mutter, alt und leidend, bedurfte der größten Schonung. Ob ihr Zoë auch sonst nie etwas verbarg, alles Schmerzliche mußte ihr fern gehalten werden.

Jetzt schlich sich der Bediente Joseph, ein noch junger Mensch, mit einer gewissen Beklommenheit zu ihrem Tisch heran, wie einer, der etwas auf dem Herzen hat, das er sich nicht zu sagen getraut.

»Nun, was gibt's denn?« rief ihm Zoë ermunternd entgegen.

»Ach« – und er machte eine lange Pause – »heiraten möcht' ich!«

»So?«

»Antworten gräfliche Gnaden darauf nichts Schlimmeres? Da krieg' ich Courage. Der Herr Graf hat mich gar nicht weiterreden lassen und gesagt: rsaquo;Nein, Joseph, verheiratete Dienstleute mag ich nicht!rlsaquo; Darum wollt ich recht schön bitten, daß Sie für mich ein gutes Wort einlegen.«

Joseph, ein durchaus braver, treuer Diener, hatte nur den einen Fehler einer allzu großen Leidenschaft für das weibliche Geschlecht. In Liebesangelegenheiten ließ er sich leicht arge Ausschreitungen zu schulden kommen, und es gab deshalb mit ihm schon wiederholt Anstände.

»Haben Sie auch alles wohl überdacht?« entgegnete Zoë. »Passen Sie zum Ehemann?«

»O gewiß! gewiß! Meine Lina lieb' ich über alles, und keine andere mehr soll für mich auf der Welt sein.«

Zoë lächelte. »Ihre Lina?«

»Ja. Sie kennen sie auch: die Tochter des Gärtners vom Baron Rittberg.«

Das war ein Nachbar der Neukirchens, den sie manchmal besuchten, etwa eine Stunde Weges vom Städtchen entfernt.

»Die? Nun, hübsch ist sie.«

»Nicht wahr?« rief er leuchtend. »O wenn wir uns heiraten könnten! Lina möchte ja gern jeden Dienst im Hause leisten.«

Zoë überlegte. Eigentlich hätte Joseph eine Heirat vielleicht wohl getan und den Verdrießlichkeiten, welche er zuweilen seinem Herrn bereitete, ein Ende gemacht. Für seine Frau ließ sich wohl auch irgend eine Verwendung finden. »Ich bin nicht dagegen; ob ich aber den Grafen dazu bestimmen kann –«

»Juchhe!« Und er drehte sich um die Ferse. »Ich wußte es ja, Sie sind so gut, Sie helfen überall, und Sie werden's auch hier können. Jetzt ist mir nicht mehr bang.« Er näherte sich ihr, griff nach ihrer Hand und küßte sie ungestüm.

»Schon gut!« wehrte sie ab. »Ehestiften bleibt immer eine gewagte Sache. Ich hoffe, es schlägt zum Heil aus, wenn ich's überhaupt durchsetze.«

Joseph rannte überglücklich davon.

Als später Neukirchen zu Zoë kam, brachte sie die Angelegenheit zur Sprache. Er war hartnäckig dagegen. Endlich fragte er: »Wen will er denn zum Weibe nehmen?«

»Die Gärtnerstochter von Rittbergs.«

»Die Blonde? Ich glaube, ich habe sie gesehen.«

»Ja, blond ist sie und ein auffallend schönes Geschöpf.«

»Bist du wirklich so sehr dafür?« murmelte er und schien sich in Gedanken zu verlieren. »Nun, in Gottes Namen. Ich habe ja den Burschen recht gern. Schließlich wagen wir auch nicht mehr dabei, als daß wir ihm etwa eines Tages mitsamt seinem Weibe den Abschied geben müssen.«

»Ich danke dir, Viktor. Der Mann wird jubeln. Möchte er gut gewählt haben!«

Sie wandelten nun beide im Garten umher. Viktor hatte den Arm um Zoës Leib geschlungen. Sie blickte ihn mit ihren dunklen, von langen Wimpern stark beschatteten Augen bei aller innigen Wärme wundersam ernst an, indem sie sagte: »Wer selbst glücklich ist, macht gern andere glücklich. Aber findest du bei mir auch dein volles Glück?«

»Welche Frage! Das mußt du doch fühlen.«

»Ja, wenn ich meine Zuversicht nur aus meiner Liebe zu dir schöpfen dürfte, dann brauchte ich mich freilich weiter nicht zu sorgen.«

»Sorgen! Wie kommt dir dieses Wort in den Mund? Was hast du nur?«

»Nichts! Torheit! Verzeihe mir!« Und ihr Blick erhellte sich, während sie leise lächelte.

Er drückte sie nur fest an sich.

Wenn man dieses Paar so beisammen sah, erschien es wahrhaftig undenkbar, daß zwei je schöner zueinander passen könnten. Er groß und kräftig gebaut, elastisch in jeder Bewegung, blondhaarig und das wohlgebildete Gesicht strahlend von Heiterkeit; sie auch mehr groß und schlank, das reiche Haar rabenschwarz und der Ausdruck der edlen Züge ganz einzig durch eine unsagbare Mischung von überlegenem Ernst und hingebender Milde.

»Aber wir müssen ja heute zu Rittbergs,« sagte er jetzt. »Sie erwarten uns. Da mag Joseph seine Erkorene gleich als Braut begrüßen.«

Als sie sich dem Hause näherten, trat der Bediente gerade aus der Tür. »Franz soll einspannen. Nach Freihof! Du fährst auch mit,« rief ihm Neukirchen zu.

Das sagte Joseph, daß er seine Sache gewonnen hatte, und mit einem Freudensprünge verschwand er gegen den Stall, während die Ehegatten in das Haus gingen.

Auf dem Freihofe gab es heute eine kleine Abendunterhaltung.

Baron Rittberg, ein Fünfziger, war Major außer Dienst und Dilettant in der Landwirtschaft. Der ansehnlich reiche, aber höchst einfache Mann, dessen Ehehälfte ihm an Bedeutungslosigkeit so ziemlich gleichkam, und dem der Himmel keine Kinder geschenkt hatte, hielt gern offenes Haus. Er fahndete ordentlich nach seinen Nachbarn, die ihn nicht sehr eifrig zu besuchen pflegten. Jetzt aber befand sich eine besondere Anziehung bei ihm, Frau von Turnau, eine ihm verwandte junge Witwe. Ohne gerade schön zu sein, offenbarte sie in Blick und Miene ein sprühendes Leben und wußte durch ihren Geist und Übermut die ganze Umgebung in Aufruhr zu versetzen. Sie weilte nun schon seit Monaten auf dem Freihof als Gast.

Außer Neukirchens hatte sich noch ein Nachbar, ein Gutsbesitzer mit Frau und zwei Töchtern, allesamt recht schlichte Menschen, bei Rittbergs eingefunden.

Zuerst machte man einen Rundgang durch den schönen Park; denn der Baron liebte es, jedem immer wieder die Prachtexemplare der von ihm gepflanzten seltenen Bäume und Sträucher zu zeigen. Dabei kam die Gesellschaft auch am Gärtnerhause vorüber, vor dessen Tür Joseph und Lina plaudernd saßen. Schon früher war von der Verlobung der zwei gesprochen worden. Da rief Rittberg, auf den mit seiner Braut aufspringenden Joseph deutend: »Entführt uns der unsere Lina! Aber einen guten Geschmack hat er.« Und in der Tat fiel allen wieder die bestrickende Erscheinung des Mädchens auf.

»Sie waren ja gegen diese Verbindung?« wandte sich Frau von Turnau im Weiterschreiten zu Neukirchen.

»Allerdings; aber ich fügte mich zuletzt,« erwiderte er nicht ganz unbefangen.

»Kam Ihr Widerstand etwa daher, daß Sie wie ich meinen, wenn man auch keine zu garstigen Leute im Hause haben mag, so kann es wieder mit zu schönen ganz ungeahnte Verwicklungen geben?« Und sie blickte ihn bei diesen Worten so schlau an, daß sie ihn vollends in Verlegenheit setzte.

Aber er sammelte sich rasch und gab ihr scherzend recht. »Freilich. Und gar mit zu schönen Frauen! Da muß man immer auf das größte Unheil gefaßt sein.«

Die junge Witwe war heute in ganz ausbündiger Laune und übersprudelte ohne Unterlaß. Ob wohl die Gegenwart Neukirchens so auf sie wirkte? Wenigstens hatten die Besucher des Freihofes längst die Bemerkung gemacht, sie sei, wenn auch immer voller Heiterkeit, doch geradezu ausgelassen, so oft er erscheine.

Mit der hereinbrechenden Dämmerung begab man sich in das Schloß, um etwas Musik zu treiben. Als die Gesellschaft in das Tor trat, drehte sich die voranschreitende Zoë zufällig um. Da zuckte sie zusammen, denn sie gewahrte, wie ihr Mann, der ganz hinten mit Frau von Turnau ging, seine Hand in die ihre legte, während sie einander anlächelten. Es war nur ein Augenblick, aber Zoë hatte ihn erhascht; freilich sah sie dabei das Schlimmste nicht, nämlich, daß Neukirchen in die dargebotene Hand ein Brieflein gleiten ließ.

Oben angekommen, setzte sich Frau von Turnau ans Klavier und spielte mit großer Geläufigkeit einen Walzer von Chopin. Dann sprang sie auf, griff nach einem Häuflein Noten, die auf einer Etagere lagen, und sagte, darin blätternd, zu Jos: »Nun, Gräfin, welches Lied?«

Zoë hatte eine schöne Sopranstimme und sang ganz trefflich, wobei Frau von Turnau, seitdem sie hier zu Gast war, die Begleitung zu übernehmen pflegte.

»Heute singe ich nicht; ich bin nicht disponiert,« entgegnete Zoë, ernst vor sich hinblickend.

Da entfuhr allen ein Ah! des Bedauerns.

»Aber Zoë, warum denn nicht? Bitte um mein Lieblingslied: Er, der Herrlichste von allen!« rief Neukirchen.

Sie warf ihm einen raschen blitzenden Blick zu. Ja, dieses Lied sang sie stets mit besonderer Wärme, als dächte sie dabei an ihn. Aber heute fehlte ihr gerade dazu völlig die Stimmung. »Unmöglich!« beharrte sie in festem Tone.

»Wenn ich singen könnte, ließe ich mich nicht so bitten,« bemerkte Frau von Turnau mit einem Lächeln.

Statt aller Antwort blickte Zoë nun auch sie durchdringend an.

Es entstand eine Pause. Da die Verhandlungen diesen Lauf genommen, wagte der Hausherr gar nicht mehr einzugreifen, und man gab das Musizieren auf.

Während des Abendmahls lagerte sich über alle eine gewisse Schwüle; es wollte trotz der Bemühungen der lebhaften jungen Witwe kein rechtes Gespräch in Fluß kommen. Der so auffallende stumme Ernst Zoës hielt alle im Bann, und jeder fragte sich, was ihr wohl geschehen sein möge.

Endlich brach man auf.

Zoë blieb auf der Heimfahrt völlig schweigsam, während ihr Mann, wie immer, über dies und das seine Bemerkungen machte und auch Frau von Turnau einige, allerdings nicht zu arge Hiebe versetzte.

Ist er so falsch? klang es in ihr. Es war gut, daß die beiden Nacht umgab; denn sonst hätte er sehen müssen, wie sich bei diesem Gedanken ihr Gesicht verfinsterte.

Als sie zu Hause angelangt waren, bat sie ihn vor dem Scheiden noch in das Gemach, das zwischen ihren Schlafzimmern lag.

»Viktor,« begann sie, und ihre Brust wogte. Was sie bis zu diesem Augenblicke mühsam in sich Verhalten hatte, drängte jetzt mit Allgewalt hervor. »Du wirst mir das Zeugnis geben: ich war gegen dich nie kleinlich. Deine Art, zu sein, habe ich nie bemäkelt, wenngleich sie mir vielleicht manchmal hätte auffallen können. Auch darüber stellte ich dich nicht zur Rede, daß du in diesem Sommer so oft ohne mich den Freihof besuchtest; aber – wie konntest du heute der Turnau verstohlen die Hand drücken?«

Ihr Gatte bebte zusammen. Er hatte keine Ahnung, daß Zoë seine Bewegung wahrgenommen. Aber sie schien ja doch nicht alles gesehen zu haben. »Es war ein augenblicklicher Übermut, hervorgerufen durch das überquellende Wesen dieser Frau,« gab er zurück.

»Ist das möglich? Ein harmloser Übermut, wie er der Jugend hingehen mag, die zum ersten Male die Flügel regt? Woher ein solches Gefühl? Du bist doch mein Gatte.« Ihre zürnende Erregung schwoll immer stärker an und sie setzte mit gehobener Stimme hinzu: »Gerade weil die Turnau eine offenkundige Kokette ist – ja, das ist sie! – hätte dir so etwas nimmermehr beifallen sollen. Oder – du bist schuldig!« Dabei sah sie ihn scharf mit einem drohenden Blick an.

»Aber Zoë! Welcher Verdacht!« murmelte er verwirrt.

Die Brust voll bitteren Wehs, rang sie mit ihren Zweifeln. Endlich fügte sie, düster vor sich hinstarrend: »Ob ich es auch wie etwas Undenkbares von mir abweisen mochte, ich finde keine andere Lösung.«

»Und doch tust du mir unrecht,« beteuerte er, etwas mutiger geworden. »Meine ausgelassene Laune begreife ich jetzt selbst nicht; aber sei gewiß, daß dahinter nichts weiter zu suchen ist.«

Sie schien noch mit sich zu kämpfen. Da, schüttelte sie sich plötzlich und reichte ihm die Hand. »Du sagst es; ich will, ich muß dir glauben, denn sonst –!« Ihr Atem ging schwer. »Weißt du, wie ich dich liebe? Und du mich betrügen? Nein! nein! Es kann nicht sein. – Reden wir nicht mehr davon!« Und wieder richtete sie einen Blick auf ihn, in dem ein ganz unbeschreiblicher Ausdruck lag. Er war flammender

Groll und weiche Liebe, das Strafgericht und die Lossprechung zugleich. Ob wohl dieser Blick ihrem Gatten so tief in die Seele drang, wie er sollte?

Neukirchen umarmte seine Frau und trennte sich von ihr mit entlastetem Herzen.

Als nach wenigen Wochen Frau von Turnau den Freihof verließ, um nach Hause zurückzukehren, war vollends jeder Schatten, der das gute Einvernehmen der Ehegatten hätte stören können, ganz verschwunden.

Am Beginn des nächsten Karnevals wurde die Vermählung Josephs mit Lina gefeiert. Rittbergs und Neukirchens hatten in sehr freigebiger Weise für die Ausstattung des Paares gesorgt. Josephs Frau trat bei seiner Herrschaft als Küchenmädchen in den Dienst, mit der Aussicht, einmal zur Köchin emporzurücken, und die Neuvermählten bezogen eine Stube im Wirtschaftsgebäude. Außerdem behielt Joseph sein Zimmer neben dem Grafen.

Das gab nun für die beiden ein seliges Leben. Besonders er ging immer mit leuchtenden Augen umher, sie dagegen war schon durch ihre Erscheinung ein herzerfreuender Schmuck des kleinen Hauswesens. So unsäuberlich oft ihr Amt war, sie selbst sah immer blank und zierlich aus. Dieser Vorzug hatte freilich auch seine Kehrseite: zu gefallen, machte ihr jedenfalls mehr Sorge als ihr Dienst, und es war nicht bloßes Übelwollen der Köchin, die zunächst über sie herrschte, wenn sie sie oft anknurrte und zu sagen liebte: »Das leichte, putzsüchtige Ding wird nie etwas Rechtes lernen!« Vorderhand besiegte Lina spielend ihre Gegnerin: sie brauchte nur mit ihrem bildhübschen, lieblichen Gesichte die Menschen anzulächeln.

Die Herrschaft hatte während der Flitterwochen des jungen Paares einen längeren Ausflug nach Italien unternommen, von dem Zoë ganz glückstrahlend zurückkehrte. Wie schön war diese Reise! Wie voll der rührendsten Sorge für seine Frau offenbarte sich Neukirchen die ganze Zeit über! – Als sie wieder die gewohnten lieben Räume betraten, herrschte noch ein strenger Winter, obwohl fast schon der Februar zu Ende ging. Rings lag tiefer Schnee, und die Tage waren bitter kalt. Das schränkte den Verkehr mit den Nachbarn ein. Zoë freuten Schlittenpartien nicht. Kurze Ausfahrten machte er allein; im übrigen schien jetzt auch ihm nichts lieber, als zu Hause zu bleiben.

Sie schlossen sich traulich in die warme Stube, lasen einander vor oder redigierten zusammen ihre Reisenotizen.

Und doch – wieder betrog Neukirchen seine ahnungslose Frau, die ihn erst jetzt so ganz als den Ihren wähnte. Während er ihr als der liebenswerteste Gatte erschien, umgarnte er eine andere, auf die er schon lang sein Auge geworfen: Lina, das Weib Josephs. Da hatte ein so vornehmer Herr leichtes Spiel. Der war mit ein paar Schmeicheleien bald der Kopf verrückt. Das übrige taten Geschenke. Schmückte sie sich doch so gern, und Grundsätze besaß sie nicht. Doch spann er seine Fäden zu ihr so heimlich, daß niemand im Hause davon etwas merkte, da auch sie sich schlau zu verstellen wußte.

Zoë litt an Migräne. Das war das einzige, was, wenn man so sagen darf, ihre Vollkommenheit beeinträchtigte. Zum Glücke stellte sich das Übel selten ein; wenn es sie aber packte, nahm es ganz von ihr Besitz. Sie blieb dann gewöhnlich ein paar Tage lang für die Welt verloren. Ein solcher böser Anfall hatte sich heute wieder einmal gemeldet. Zoë lag mit heftigen Kopfschmerzen zu Bette, unfähig irgend etwas zu tun, der größten Ruhe bedürftig. Ihr Mann sah nur ab und zu nach, wie es ihr gehe, und verließ sie gleich wieder nach kurzen Minuten.

Es war nachmittags im April. Ringsum gab es längst keinen Schnee mehr, ein warmer, belebender Hauch wehte über die Erde, und an Bäumen und Sträuchern fing es schon zu sprossen an. Joseph hatte soeben die kleine Waffensammlung seines Herrn gereinigt und wieder an die Nägel über dem grünen Tuche gehängt, das in der Mitte der einen Wand ausgespannt war. Sie bestand aus mehreren Jagdgewehren, alten Pistolen und Säbeln. Der Revolver kam auf das Nachtkästchen. Nun legte ihm Neukirchen ein Bücherpaket in die Hände, mit dem Auftrage, es nach Freihof zu tragen. »Der Tag ist schön,« setzte er hinzu, »da magst du gern hinüberschlendern und zugleich deinen Schwiegervater besuchen.«

Der Bediente machte sich ohne Säumen auf; er brauchte ja für seinen Gang mehr als drei Stunden. Aber da fügte sich's, daß ihm, nachdem er kaum eine gute Strecke Weges gegangen, der Wagen Rittbergs vorfuhr. So konnte er gleich das Paket abgeben und empfing vom Baron die schönsten Grüße für seine Herrschaft.

Als er, wieder zu Hause angelangt, zu Neukirchen hinein wollte, fand er die Tür von innen verschlossen. Was war das? Das geschah sonst nie.

»Wer ist's?« scholl es aus dem Zimmer.

»Ich. Herr Graf!«

»Schon zurück?«

»Ja. Ich habe den Wagen des Herrn Barons getroffen.«

»Schon gut. Besorge, was du noch in der Stadt zu tun hast. Ich brauche dich nicht. Du kannst gehen.«

Aber Joseph ging nicht. Ein plötzlicher Verdacht stieg in ihm auf. Hatte er denn nicht die letzte Zeit den Grafen und sein Weib auffallend oft in der Dämmerung aneinander vorbeihuschen gesehen? Einen Augenblick wollte er hinunter, um in der Küche nach ihr zu forschen; doch inzwischen konnte sie ihm ja entkommen, wenn sie etwa da drinnen war. So wartete er, ohne sich zu rühren, mit bebendem Herzen im Vorzimmer. Er mußte volle, zweifellose Gewißheit haben.

Endlich drehte sich der Schlüssel im Schlosse, und die Tür ging auf. Lina, glutrot und ganz verwirrt, trat heraus. Da warf er sich auf sie und schleuderte sie weiter gegen den Ausgang zur Treppe: »Hinaus, du nichtsnutziges Mensch!«

Angstzitternd entfloh sie.

Jetzt stürmte er hinein zu Neukirchen. »Haben Sie mir darum das Heiraten erlaubt? Ich hab' geglaubt, ich hab' mein Weib für mich. O! o! Das zu erleben!« Und er zerraufte sich die Haare. Dann schrie er, plötzlich ganz außer sich: »Du Teufel, du!« während er mit geballter Faust auf seinen Herrn eindrang.

Dieser zog sich gegen das Fenster zurück und schob einen Lehnsessel zwischen sich und Joseph. Unwillkürlich suchte er zugleich mit seinem Auge die Waffen an der Wand, die aber zu weit von ihm entfernt waren. »Bist du toll?« rief er dem Rasenden zu.

»Toll? Weil mir so etwas nicht recht ist? Da hört doch der gehorsame Diener auf. Warte nur! Du Weiberjäger, sollst mich noch kennen lernen. Ich will dir die Lust vertreiben, dich in ein fremdes Nest zu legen.«

So schuldig sich Neukirchen fühlte, nun erfaßte ihn doch der Zorn des Herrn. »Fort mit dir! Geh!« gebot er, nach der Tür weisend, Joseph in strengem Tone. »Wenn du wieder bei Sinnen bist, reden wir mehr zusammen.«

Der Bediente starrte mit wildem Blicke zu Boden. Sein Atem flog. Es entstand eine Pause. Endlich rief er: »Das gibt ein Unglück!« und stürzte zur Tür hinaus.

Neukirchen blieb mit den peinlichsten Empfindungen zurück. Verdammter Zufall! Hatte etwa jemand etwas von dem skandalösen Auftritt vernommen? war sein erster Gedanke. Nicht so sehr das Geschehene wie die möglichen Folgen beunruhigten ihn. Tief verdrossen sann er lange nach. Endlich schnellte er empor. Er wollte zu seiner Frau hinüber, um vor allem zu ergründen, ob der Lärm bis zu ihr gedrungen, und recht beklommen machte er sich auf den Weg.

»Nun, Zoë, wie geht's?« fragte er, als er bei ihr eingetreten war.

Sie warf einen kurzen Blick auf ihn, dem sein Auge auswich. »Du weißt es ja, diese Migräne lähmt immer mein ganzes Wesen.«

In ihrem Gesichte lag ein tiefer Schmerzenszug; aber das war jedesmal so, wenn das böse Übel über sie kam. Sie hatte offenbar nichts gehört. Da wurde ihm schnell freier zumute, und er sagte: »Du mußt eben deine Zeit dulden. Dann ist's zum Glück wieder gut, und kein Mensch merkt dir eine Spur des Überstandenen an.«

»Ja; ich hoffe, es wird auch diesmal so sein.«

»Möchte dir die Nacht nicht zu schwer werden!« Er küßte sie und ging.

Neukirchen blieb heute fortwährend auf seinem Zimmer und nahm auch nichts mehr zu sich. Zuerst kramte er unter seinen Papieren, dann versuchte er, Zeitungen zu lesen. Aber seine Gedanken schweiften immer wieder ab. Hatte ihm auch der Besuch bei seiner Frau Beruhigung gebracht, so war doch noch nicht alle Gefahr beschworen. Joseph ließ im Punkte der Liebe mit sich nicht spaßen, das wußte Neukirchen. Durfte er hoffen, daß er ihn begütigen werde? Und am Ende hatte er schon unter den Leuten Lärm geschlagen! –

Dem genußsüchtigen Verführer ward es wieder recht schwül. Er ging raschen Schrittes auf und ab. Endlich läutete er. Joseph erschien, das Gesicht ganz verstört; aber er sprach kein Wort.

»Ich will schlafen gehen,« sagte Neukirchen.

Joseph bereitete alles schweigend. Er schien sich nun doch etwas besänftigt zu haben. Daß er überhaupt noch seinen Dienst verrichtete, war ja schon ein gutes Zeichen.

Als er mit seiner Arbeit zu Ende gekommen war, bemerkte sein Herr: »Ich hoffe, auch du wirst schlafen.«

»Schlafen? Ich? Verhöhnen Sie mich?«

»Nimm's nicht zu schwer. Ich will für euch beide gut sorgen.«

Joseph lachte nur bitter auf.

»Schweige vor allem!« fuhr Neukirchen fort. »Dir frommt's ebensowenig wie mir, wenn die Geschichte von Mund zu Mund läuft.«

In der Tat hatte auch Joseph bis jetzt geschwiegen. Wohl war er, nachdem er Neukirchen verlassen, in seiner Wut Lina nachgerannt, konnte sie jedoch nirgends finden. Sie mochte sich aus Furcht versteckt haben. Dann verfiel er in eine dumpfe Trostlosigkeit und schloß sich in sein Zimmer ein. Er wollte von niemand weder etwas sehen noch hören.

»Lassen Sie mich!« wies er seinen Herrn ab. »Was weiter geschieht, erfahren Sie morgen. Und beisammen bleiben wir gewiß nicht.« Damit ging er hinaus.

Soviel Trotz noch in diesen Worten lag, sie waren dabei doch mit einer gewissen Fassung gesprochen, die sich Neukirchen günstig deutete. Da siegte sein leichtblütiges Naturell. Gewaltsam schüttelte er alle Sorgen von sich. Kommt Zeit, kommt Rat! dachte er. Bis morgen konnte Joseph noch mehr beigeben. – Und wenn es Neukirchen wirklich glücken sollte, alles auszugleichen, was dann? Wird er in Zukunft andere Wege wandeln? Welche Frage! Du lieber Himmel, er nahm sich überhaupt nie etwas vor, nicht das Böse, aber auch nicht das Gute. Sein Gott war der Augenblick.

Er lud jetzt den Revolver, den Joseph geputzt hatte, mit sechs Patronen und legte ihn wieder auf seinen gewöhnlichen Platz. Einen Moment überlegte er. Wenn etwa Joseph doch Schlimmes im Schilde führte? Soll er sich heute gegen seine Gewohnheit über Nacht einsperren? Aber – welch ein Gedanke! Wie konnte ihm noch so etwas beifallen? Und durfte er vor seinem Diener furchtsam erscheinen? Nein, das um keinen Preis! Wie es immer war, so sollte es auch heute bleiben.

Er entkleidete sich, schlüpfte ins Bett und löschte das Licht aus.

Am nächsten Morgen stürzte Zoës Kammerjungfer ganz außer sich in das Zimmer ihrer Herrin. »Um Gottes willen – o arme, gute Gräfin, Sie sind ja selbst so krank! – Der gnädige Herr Graf – Joseph war eben da –«

Zoë richtete sich mühsam im Bette auf und starrte vor sich hin. »Was ist's?« fragte sie mit tonloser Stimme.

»Bring' ich's denn über die Lippen? Und doch – ich muß. Es ist ein Unglück geschehen. Der gnädige Herr Graf – er hat sich erschossen.«

Zoë sank wieder im Bette zusammen und vergrub ihr Haupt in die Kissen.

»Was hab' ich getan? Hätt' ich's Ihnen doch nicht sagen sollen?« jammerte die Kammerjungfer, da sie ihre Herrin so gänzlich zerschmettert sah.

Diese blickte sie einen Moment wie geistesabwesend an und winkte ihr dann nur mit der Hand, zu schweigen.

»Aber wie ist Ihnen? Sie sind ja schrecklich anzusehen. Was tu' ich?«

Jetzt deutete Zoë auf ihre Stirne und lispelte: »Kaltes Wasser!«

Die Kammerjungfer enteilte, kam bald mit dem Nötigen zurück und legte Zoë einen Umschlag auf. Dann rannte sie wieder fort, um den Arzt zu holen.

Inzwischen war schon das ganze Haus in Aufruhr geraten, und das Gericht, von dem Geschehenen in Kenntnis gesetzt, entsendete schleunigst eine Kommission, um den Tatbestand aufzunehmen. Neukirchen, dessen rechter Arm aus dem Bette hing, lag, das Gesicht gegen die Wand, mit etwas verdrehtem Körper, aber ganz unentstelltem, ruhigem Ausdruck in den Zügen da. Eine sehr kleine Schußwunde hinter der rechten Schläfe war zwischen den Haaren kaum zu entdecken. Der Tod mußte schon vor mehreren Stunden eingetreten sein. Irgend eine Aufzeichnung von der Hand Neukirchens fand sich nicht. Wenn trotzdem ein Selbstmord – etwa als Folge eines amerikanischen Duells – bei einem Manne von solcher Lebensstellung denkbar war, so erklärte ihn der Arzt schon nach der äußeren Untersuchung der Wunde für unwahrscheinlich. Und ein einmal abgeschossener Revolver, den man in der Nähe des Bettes auf dem Boden fand (er wurde als der eigene Neukirchens erkannt) lag nicht so, daß er etwa der Hand des Selbstmörders entglitten sein konnte, wenn ihn vielleicht auch ein anderer, mit der Absicht, diesen Schein zu erwecken, *hingelegt* haben mochte. Man gelangte zu dem Schlusse: Neukirchen war entweder im Schlafe oder unversehens hinterrücks ermordet worden. Da im Zimmer alles unberührt schien, handelte es sich wohl nicht um einen *Raubmord*. – Wer konnte der Täter sein?

Im Hause selbst schliefen außer dem Ehepaare nur Joseph und die Kammerjungfer Zoës.

Joseph, als Bedienter und unmittelbarer Wandnachbar des Toten vor allen anderen befragt, gab an, er habe gestern abends nach getanem Dienste früher als sonst seinen Herrn verlassen. Dann sei er noch bei dem hellen Mondschein hinunter in den Garten gegangen. Er könne nicht sagen, wie lang er dort geblieben; jedenfalls habe er aber noch vor Mitternacht, nachdem er das Haustor von innen zugesperrt, seine Stube aufgesucht und sich zu Bette gelegt. Weder bis dahin, noch später während der Nacht vernahm er einen Schuß oder sonst etwas Verdächtiges. Als er heute morgens, wie gewöhnlich, um sieben Uhr in das Zimmer seines Herrn trat, um die Jalousien zu öffnen, sei es ihm gleich aufgefallen, daß der eine Arm des Grafen steif aus dem Bette herausragte; aber er habe es zunächst nicht weiter beachtet. Erst später näherte er sich forschend. Da sah er auf dem Polster neben dem Kopfe Blutflecken und auf dem Boden den Revolver. Er erkannte nun auch seinen Herrn als tot, und habe, da ja in das wohlverschlossene Haus niemand eingedrungen sein konnte, einen Selbstmord annehmen müssen. Darauf sei er, ohne den Leichnam oder den Revolver anzurühren, schnell zur Gräfin hinübergerannt, um sie von seiner Entdeckung unterrichten zu lassen.

Auch Zoë, die bei ihrem Zustande kaum einer klaren Rede fähig war, und die Kammerjungfer, eine ältere, in jedem Betracht tadellose Person, gegen die nicht der geringste Verdachtsgrund vorlag, gaben an, nichts gehört zu haben.

Die Aussagen der übrigen Dienstleute, welche im Nebenhause wohnten, lauteten alle im gleichen Sinne: keiner hatte irgend etwas wahrgenommen. Nicht einmal der sehr wachsame Haushund, der oft stark belle, habe sich in dieser Nacht gerührt.

So hatte man, wie genau man noch alle kleinsten Umstände untersuchte, vorderhand keine Spur des Täters. Aber da meldeten sich, als der Mord im Städtchen bekannt wurde, beim Gerichte zwei Herren, der Notar und der Apotheker, mit höchst wichtigen Enthüllungen. Sie seien am Abend vorher zusammen spazieren gegangen und hätten, an der Villa Neukirchens vorüberkommend, in dem gegen die Straße zu gelegenen Schlafzimmer des Grafen laut erregte Stimmen gehört, so daß sie unwillkürlich anhielten. Und nun berichteten sie alles, was sie erlauscht, namentlich die höchst bedeutsamen Ausrufe, die Joseph seinem Herrn ins Gesicht geschleudert hatte.

Daraufhin wurde der Bediente unverzüglich verhaftet. Bei seiner neuerlichen Vernehmung erzählte er zuerst, übereinstimmend mit den beiden Herren, genau, was er nach der Rückkehr von seinem Ausgange mit seinem Weibe und dem Grafen erlebt, und schloß daran das schon früher Ausgesagte. Was ihn dann nachts hinausgetrieben, war eben seine große Erregung über das erfahrene Unglück. Voll Grimm gegen seinen Herrn und sein Weib, warf er sich auf die nahe Bank vor dem Tore und wußte nicht, was nun beginnen. Nach langem, qualvollem Kampfe kehrte er endlich in sein Zimmer zurück. – Als man ihn fragte, warum er denn nicht gleich alles angab, erwiderte er, er wollte, da nun sein Feind tot war, die Gräfin, die er so sehr liebe, durch das Verschweigen des Geschehenen schonen, und das gehörte ja auch gar nicht zur Sache. Auf den Vorhalt aber, daß nach seiner eigenen Darstellung niemand anderer im Hause gewesen sein könne, gab er dies zu, gleichwohl erklärte er sich für nichtschuldig. Indessen erschien er sonst nach seiner ganzen Weise keineswegs glaubwürdig. Schon früher war es allen aufgefallen, daß er über den Tod seines Herrn nicht den geringsten Schmerz äußerte, sondern nur stumm mit finsterer Miene umherging, und so stand er auch jetzt vor dem Untersuchungsrichter, gerade, als brütete er noch fortwährend über die Bluttat. Einmal bestätigte er sogar selbst den schweren Verdacht, der gegen ihn vorlag, indem er ausrief: »Ja, wie mir's zumut war, hätt' ich's schon tun können!« Zudem war Joseph schon einmal wegen verübter Gewalttätigkeit in einer Liebesangelegenheit vom Gerichte bestraft worden. Er hatte damals seinen Nebenbuhler mit dem Messer verwundet.

Die Kunde von dem entsetzlichen Ereignis verbreitete sich natürlich auch rasch in der Umgebung. Zoë, außerstande, irgend jemand zu empfangen, erhielt von allen Seiten brieflich die wärmsten Teilnahmsbezeugungen. Die Unglückliche war ja durch das Geschehene mehrfach getroffen. Sie hatte den Gatten verloren, und die Art, wie dies geschah, offenbarte zugleich der so rührend Liebenden, Verblendeten, daß er sie im Leben schändlich betrogen. Was mußte sie empfinden! Dabei war sie jetzt geradezu verarmt; denn ihr Mann hatte von seiner Lebensrente nichts für sie erspart, und selbst das Landhaus, das sie mit ihm bewohnte, ging durch seinen Tod auf eine Schwester Neukirchens über.

Inzwischen hatte das Gericht seines Amtes gewaltet. Die Obduktion, welche an dem Toten vorgenommen wurde, ergab durch die Richtung des Schußkanals die zweifellose Gewißheit, daß ein Selbstmord ausgeschlossen sei. Joseph wurde vor die Geschworenen gestellt. Bei der Hauptverhandlung machte er auf alle wieder einen höchst ungünstigen Eindruck. Er war jetzt völlig gebrochen. Man konnte das für heimliche Reue nehmen, und es fehlte nur, daß er ausgerufen hätte: »Ja, ich bin der Mörder!« Da ermahnte ihn der Präsident, er möge seine Tat eingestehen, das werde sein Los mildern; denn man müsse ja seinen Gemütszustand, in welchen er durch das ihm zugefügte Leid versetzt wurde, berücksichtigen. Darauf brach er auch keineswegs in Beteuerungen seiner Unschuld aus; ein Geständnis legte er jedoch nicht ab. Sein Verteidiger bot nun all seine Beredsamkeit auf, um für ihn einen Freispruch zu erringen; aber, von seinem Klienten so schlecht unterstützt, blieb seine Mühe vergebens. Das Verdikt der Geschworenen lautete mit großer Stimmenmehrheit auf Schuldig. Danach mußte der Gerichtshof über Joseph die Todesstrafe verhängen. Der Unglückliche vernahm dieses Urteil ganz gleichgültig; er wollte gar nicht die Berufung dagegen anmelden. Das tat für ihn aus eigenem Antriebe sein Verteidiger, und das Ende war, daß Joseph durch die Gnade des Kaisers eine zehnjährige

Kerkerstrafe erhielt. So wurde er zuletzt in eine Strafanstalt abgeführt.Sobald Zoë einigermaßen reisefähig war, hatte man sie zu ihrer Mutter gebracht, die in einer größeren Stadt lebte. Die hochbetagte Frau, seit Jahren krank und halb gelähmt, empfand das Geschehene vollends als einen zerschmetternden Schlag. Wie dringend sie oft eingeladen wurde, sie wollte, seitdem ihre Tochter verheiratet war, nie ihr Haus betreten. Später einmal! antwortete sie immer. Bei ihrer Hinfälligkeit konnte sie schwer reisen; zudem meinte sie, sie sei nicht der rechte Gast für ein junges glückliches Paar. Und nun hatte das erschütternde Ereignis Mutter und Tochter vereint. Was war das für ein Wiedersehen! Schluchzend lagen sich die beiden Frauen in den Armen.

»Wie hat das nur geschehen können?« sagte endlich die Mutter. »Du warst doch in der glücklichsten Ehe mit Viktor, und diese Enthüllungen!«

Zoë antwortete nicht. Nur ein schwerer Seufzer entrang sich ihrer Brust. Ja, sie hatte ihre Mutter, um ihr jeden Kummer zu ersparen, stets in dem Wahn gelassen, daß ihre Ehe kein Wölkchen trübte.

»Mit welchem Preise bezahl' ich es, dich wieder zu haben,« fuhr jene fort. »Da ich dich in der Ferne zufrieden wußte, trug ich die Trennung leicht; wird mir nun unser Beisammensein das Schreckliche, das dich zu mir zurückgeführt, mildern können?«

»Wir müssen eben trachten, mit unseren Gedanken davon loszukommen,« entgegnete Zoë.

Die beiden richteten sich nun in der bescheidenen Wohnung der Mutter ein und schlössen sich von der Welt ab, fast allen Verkehr meidend.

Als dann Zoë die Nachricht erhielt, daß Joseph, dem sie über sein Verhalten während seiner Dienstzeit das beste Zeugnis gegeben hatte, als schuldig verurteilt wurde, bemächtigte sich ihrer die größte Unruhe. Statt sich allgemach zu erholen, wurde sie immer trübsinniger. Bleich und abgehärmt schlich sie umher.

Da sagte die Mutter, die sie mit wachsender Besorgnis beobachtet hatte, einmal zu ihr: »Mein Kind, wo soll das hinaus? Kommst du so mit deinen Gedanken von dem Geschehenen los? Vermag dich nichts zu trösten?«

»Nichts!« hauchte Zoë. »Etwas vielleicht doch,« fügte sie nach einer Pause bei. Dann stockte sie wieder zögernd, bis sie plötzlich fragte: »Mutter, könntest du dich von mir trennen?«

»Von dir trennen?« Und die Gefragte sah sie groß an. »Wenn dir ein neues Glück winkt, gewiß; aber daran denkst du wohl nicht. Was bewegt dich? Um des Himmels willen, sprich! Du willst doch nicht den Schleier nehmen?«

Zoë schüttelte den Kopf, sagte aber zugleich: »Ja, so etwas wär' es!«

»Redest du irre? Wer soll das verstehen?« scholl es ihr angstvoll entgegen.

Ein Tränenstrom brach aus Zoës Augen.

Da beschwor sie die Mutter: »Wie du mich erschreckst! Laß doch endlich diese namenlose Trauer, wenn du deine Mutter nur ein bißchen lieb hast. Bist du nicht mein alles auf der Welt? Du bringst noch uns beide ins Grab.«

Zoë umschlang die Mutter inbrünstig. »Verzeihe mir! Ja, ja, ich muß stark mit meinem Schicksal ringen, schon um deinetwillen!«

Sie rang auch unablässig, und keine Klage mehr kam über ihre Lippe; aber aus dem Gesichte konnte sie sich den Gram doch nicht tilgen. Es war ihrer Mutter offenbar, daß sie die immer gleich Leidende blieb. Das wirkte nun wieder mächtig auf die alte Frau zurück. Auch sie versank, ohne je aufs neue ihr Kind aufrichten zu wollen, in eine stille Trostlosigkeit, die ihr schwaches Lebensflämmchen immer mehr aufzehrte.

So ging die Zeit hin, bis eines Tages Zoës Mutter für ewig die Augen schloß. Es war drei Jahre nach der Ermordung Neukirchens.

Nun verbarg sich die allein zurückgebliebene Zoë völlig. Niemand erhielt bei ihr Einlaß, und kurz darauf brachten die Zeitungen unter dem Titel »Lebensmüde« die Notiz, die verwitwete Gräfin Neukirchen habe sich in ihrer Wohnung vergiftet. Gleichzeitig traf bei dem Gerichtshofe, welcher Joseph abgeurteilt hatte, ein Schreiben folgenden Inhalts ein:

Hoher Gerichtshof!

Ehe ich mich selbst richte und aus der Welt scheide, muß ich ein Bekenntnis ablegen: ich bin die Mörderin meines Gatten, des Grafen Viktor Neukirchen. Wie das geschah, ich will es erzählen, wenn auch noch so kurz – mir zittert ja die Hand, und ich habe Eile – doch hoffentlich überzeugend genug, daß man mir glauben wird.

Schon lange vor jenem entsetzlichen Tage – ich war kaum ein Jahr mit Neukirchen vermählt – ahnte ich, daß er mich betrog. Als ich ihn endlich bei einer Tat betrat, die fast jeden Zweifel ausschloß, war ich tödlich getroffen. Ich stellte, ihn, in jedem Nerv bebend, zur Rede; da er mir aber seine Unschuld beteuerte, bezwang ich mich und versöhnte mich rasch mit ihm. Ich konnte ja doch geirrt haben, und mein Gefühl sagte mir: entweder gleich fort von ihm, oder es mußte zwischen uns Harmonie und Frieden herrschen. Mein Mann stellte mein Vertrauen auch nicht mehr auf die Probe. Er hatte in seinem ganzen Wesen etwas so Heiteres, Liebes, Herzliches, daß mir immer freier und leichter wurde. Bald schien alles wieder gut. Der Welt aber war ich immer nur die glückliche Frau gewesen, die sich über ihren treulosen Gatten nicht die geringsten schweren Gedanken machte.

Da kam jener Tag. Ich lag mit marternden Kopfschmerzen zu Bette; als aber der von seinem Weibe hintergangene Joseph die heftige Szene mit meinem Manne hatte und laute Rufe zu mir schollen, sprang ich erschrocken auf, um hinüber zu eilen. Im Näherkommen vernahm ich die Worte, die mir alles sagten. Ganz erstarrt, hielt ich an. Dann drang ich nicht weiter, sondern kehrte rasch um und warf mich, von meinen stürmenden Gedanken durchwühlt, wieder auf mein Bett. – Jetzt trat mein Mann bei mir ein, um mit der anscheinend unbefangensten Miene zu fragen, wie ich mich fühle. Ich beherrschte mich und antwortete ruhig. Mit keinem Worte verriet ich ihm, daß ich alles wußte. Mir war, als hätte ich mich damit befleckt. Da plauderte er noch kurz in seiner gewöhnlichen Weise und sagte mir gute Nacht, wobei er mich gar küßte. Auch das ertrug ich, ohne mich zu rühren. Aber mit welchem Abscheu gegen ihn erfüllte mich's im Lichte der Schändlichkeit, die er soeben begangen!

Es ward spät. Ans Schlafen konnte ich nicht denken. In meiner qualvollen Unruhe verließ ich jetzt mein Lager und blickte zum Fenster hinaus. Der volle Mond beleuchtete die Landschaft. Und kein Laut im Kreise. Die weite Welt schlafversunken. Aber unten auf der Bank beim Lindenbaum saß oder lag vielmehr Joseph, sich bald auf die eine, bald auf die andere Seite drehend. Dann rannte er wieder mit raschen Schritten umher. Er rang sichtlich in Verzweiflung. Also noch ein Mensch, der mein Schicksal teilte, noch einer, über den Neukirchen gewissenlos dahinschritt! Und ich selbst war zur Vermittlerin seiner Lüste geworden, da ich das Weib ins Haus nahm, auf das er längst sein Auge geworfen hatte. Ach, ich tat es, von meiner Liebe zu ihm beflügelt, in dem Drange, auch andere glücklich zu machen! – Wie mir all das in den Sinn kam, war es mit meiner Selbstbeherrschung vorbei. Die Entrüstung meines Inneren riß mich fort. Ich machte Licht und ging, den Leuchter in der Hand, hinüber zu meinem Manne, um mit ihm abzurechnen. Leise öffnete ich die Tür seines Zimmers und lauschte hinein. Er schlief. Nachdem ich das Licht auf den Tisch gestellt, blieb ich eine Weile forschend stehen. Neukirchen lag mir angewandt und regte sich nicht; nur seine langen, tiefen Atemzüge vernahm ich. War es zu denken, daß er nach dem Geschehenen so schlafen konnte? Dieser Schlaf brachte mich erst vollends aus der Fassung. Ein wütender Haß erfüllte mich, der nach Rache schrie. Da erblickte ich auf dem Nachtkästchen den Revolver, den ich geladen wußte. Schnell näherte ich mich dem Bette, ergriff die Waffe, spannte den Hahn und hielt die Mündung gegen die Schläfe meines Mannes. Ein leiser Knall. Beim Abdrücken hatte ich etwas gezuckt; aber ich traf doch gut: nach ein paar Bewegungen war er tot. Ich ließ den Revolver fallen, nahm das Licht und eilte in mein Zimmer zurück.

Mehr brauchte ich eigentlich nicht zu sagen. Nur noch einige Worte. Man wird fragen, wie ich es vermochte, einen andern so lange für mich büßen zu lassen? Ja, das ist meine größere Schuld.

Als ich wieder allein war, graute mir vor dem, was ich getan. Wie ich kraftlos auf mein Lager sank, brach ich auch innerlich zusammen, und bald raubte mir eine verzehrende Fieberhitze fast völlig das Bewußtsein. In diesem Zustande fand mich am Morgen meine Zofe. Von dem, was darauf geschah, was man mich gefragt und ich geantwortet, habe ich keine klare Erinnerung. Natürlich nahm man alles an mir nur als den Schmerz der so plötzlich zur Witwe Gewordenen. Und sobald man meiner nicht mehr bedurfte, trachtete ich aus dem Unglückshause fort zu meiner Mutter.

Inzwischen war Joseph verhaftet worden. Also ihn traf der Verdacht. Freilich. Ich erschrak. Das erst brachte mich zur Besinnung. Du mußt dich doch angeben! rief es in mir. Aber meine Mutter! Das hieß ja auch sie, deren Leben ohnedies nur noch an einem Fädchen hing, morden. So schwieg ich und reiste ab. Furcht vor der Strafe bewegte mich nicht. Was lag mir denn jetzt noch am Leben! – Die Verurteilung Josephs, die darauf erfolgte, erregte in mir einen neuen Sturm. Ich wollte unverzüglich aufbrechen und alles enthüllen; aber jetzt war es nicht mehr bloß der Gedanke an meine Mutter, es war ihr Anblick, was mich in meinem Entschlusse erschütterte. Als ich es versuchte, sie auf das, was ihr drohte, vorzubereiten, traf ich sie damit gleich so mächtig, daß ich nicht weiter konnte. Gewiß, es wäre ihr Tod gewesen. Meine gute arme Mutter, die mich stets so geliebt, so viel für mich getan. Nein, ich brachte das Geständnis nicht über die Lippe, wollte mir auch in meiner Gewissensqual das Herz zerspringen. So schob ich es immer wieder auf und war in der verzweifelten Lage, fast das Ende meiner Mutter herbeiwünschen zu müssen, damit ich frei handeln könne. Was hatte ich da zu tragen! Indem ich durch Jahre schwieg, habe ich vielleicht doch das Schwerere auf mich genommen. Der Verurteilte hat Unrecht erlitten: ich habe Unrecht geübt. Erst jetzt, da mich nichts mehr bindet, kann ich dem verletzten Rechte genug tun. Man entlasse den Unschuldigen ohne Säumen aus der Haft. Er verzeihe mir, und was ich besitze – es ist nicht viel – vererbe ich ihm.

Zoë Neukirchen. Auf diesen Brief wurde die Wiederaufnahme des Prozesses mit Joseph angeordnet und nach der erneuten Voruntersuchung das Strafverfahren gegen ihn eingestellt. Damit war ihm die Freiheit wiedergegeben.

Er kehrte, recht gealtert und abgehärmt, in seinen Heimatsort zurück. Die wenigen Jahre, die er im Gefängnisse zugebracht, hatten ihn ganz verwandelt. Der, einst so Lebensfrohe, Bewegliche, wußte mit seiner Freiheit nichts anzufangen; er war gegen alles abgestumpft, und, die Seele voll Bitterkeit, verzweifelte er an der Welt. – Von seinem Weibe, das inzwischen einem völlig sittenlosen Leben verfallen war, wollte er nichts mehr wissen. Zuletzt verdang er sich auf einem Bauernhofe für gemeine Arbeit. Hier gab er nie einen Anlaß zur Klage; aber wie ihn selbst nichts mehr freute, war er auch zu niemands Freude da.